Ye

1310.

ODE
POVR
MONSEIGNEVR
LE
PRINCE

PAR M. ADAM, MENVISIER
De Neuers.

A PARIS,
Chez TOVSSAINCT QVINET, au Palais,
fous la montée de la Cour des Aydes.
M. DC. XLVIII.
AVEC PERMISSION.

ODE
POVR
MONSEIGNEVR
LE
PRINCE.

RDANTES paßions, charmātes réueries,
Admirables effets, miraculeux tranſports,
Melancoliques ſoins, raiſonnantes furies,
Rendez à mes eſprits vos celeſtes accords!
Et toy puiſſant Demon qui fais agir la flame,
Qui porte iuſqu'aux Cieux ces mouuemens de l'Ame,
Peintre pour qui la gloire a tant brulé d'encens!
I'implore derechef ta Peinture viuante,
Pour le plus grand Heros que l'Hiſtoire nous vante
Depuis que la valeur preſide ſur nos ſens.

La cruauté du fort qui gouuerne ma vie,
M'a tant fait éprouuer ses injustes reuers,
Que ie perdois l'espoir, aussi bien que l'enuie
De retourner iamais à la source des Vers;
Preferant vn rabot aux lauriers de Parnasse,
De crainte de porter vne infame besasse,
Ie n'estois plus ému du feu qui fait rimer;
Tes plus viues ardeurs me faisoient vn outrage,
Et voyois Hypocrene ainsi qu'apres l'orage,
Vn Pilote echappé void les flots de la mer.

Quand le grand Riche-Lieu, par la chûte commune,
Fit pallir en mourant les rayons du Soleil,
Que ces yeux qui seruoient de guide à ma fortune,
Furent enuelopés d'vn lugubre sommeil:
Ie crûs que le malheur dont la cruelle atteinte
Dépoüilloit l'Vniuers d'vne vertu si sainte,
De l'amour des neuf Sœurs m'éteignoit le flambeau,
Que de ce coup fatal l'injuste violence,
Enfermoit auec luy sous vn morne silence
Ma verue et mes pensers dans son mesme Tombeau.

Ce Mont où les Vertus eſtallent tous leurs charmes,
Qui d'vn centre profond s'éleue iuſqu'aux Cieux,
Sur qui l'Aube iamais ne reſpandit ſes larmes,
Parce qu'il fait ombrage à l'éclat de ſes yeux ;
Ce ſommet échappé des débris du Deluge,
Sur qui Deucalion eut vn ſi beau refuge,
Ne me preſentoit plus que de funeſtes dons,
Ses Nymphes me ſembloient de mortelles perſonnes,
Et les plus belles fleurs dont tu fais des Couronnes,
Eſtoient moins à mes yeux que de rudes chardons.

❊❋❊

Enfin mes paſſions t'auoient tourné viſage,
Et mercenairement mes outils dans mes mains,
Ie quittois malgré-moy le rauiſſant vſage
Dont tu fais triompher la vertu des Humains :
Mais vn jeune vainqueur qui promet à la France
Plus de proſperité, qu'elle n'a d'eſperance,
M'oblige derechef à d'illuſtres efforts ;
Ie ſens qu'en ſa faueur vne autre ardeur me pique,
Et comme du tombeau ie ſors de ma boutique,
Pour me rejoindre à toy, comme l'ombre à ſon corps.

ODE A MONSEIGNEVR

ENGVIEN de qui le nom en tous lieux va s'étendre,
Auecque tant d'éclat, de triomphe & de bruit,
L'emporte déja mieux sur l'honneur d'Alexandre,
Que ne fait le Soleil sur les feux de la nuit.
C'est pour ce Conquerant qu'encore ie t'appelle,
Que ie voudrois atteindre au merite d'Apelle,
Auec tant de Genie, & de si puissans trais,
Que ceux qui nous suiuront à peine puissent croire,
Qu'vn simple Menuisier eust annoncé la gloire
Du plus fier Combattant que l'on peindra iamais.

❦

Rend-moy doncque vn rayon de la flame immortelle,
Qui malgré le trépas fait regner les Vertus,
Et sans qui tant de Rois que la tombe recelle,
Verroient comme leurs corps, leurs renoms abatus :
Estouffe mon malheur, & d'vn regard propice,
Qui détourne mes pas d'vn honteux precipice,
Satis faits aux desirs qui me vont deuorant ;
Et pour ce grand Autheur de tant de faits insignes,
Accorde à mon destin la nature des Cygnes,
Qui tirent vanité de chanter en mourant.

Puissant

LE PRINCE.

Puissant Liberateur, Auguste Menecée,
Qui prodigues ton sang pour nostre liberté,
Et qui dans les dangers n'as point d'autre pensée,
Qu'à mourir pour mieux viure à la posterité.
Si tost que ton beau Nom fust sorti de ma bouche,
Je deuins Arbrisseau d'vne mourante souche,
Mon esprit redoubla ses premieres chaleurs,
Vne ardante fureur se glissa dans mes veines,
Et comme par ces pleurs l'Aube émaille les plaines,
Le feu de ce Demon me redonna des fleurs.

VRANIE aussi-tost apparut à ma veüe,
Auec les puissans trais d'vn visage Charmant,
Telle comme elle estoit, quand sa flame impreueüe
M'inspira pour chanter les merueilles d'Armand.
Iamais plus de beautez ne parurent en elle;
Son front estincelloit d'vne gloire Eternelle,
Et ces beaux yeux brilloient de tant d'appas diuers,
Que la Nimphe du iour n'a pas tant d'auantage,
Quand cherchant son Amant du Gange jusqu'au Tage,
Elle rend à nos yeux l'ame de l'Vniuers.

B

Annonce, me dit-elle, à la race future,
La gloire d'vn Heros, dont les actes Guerriers,
Jusqu'aux derniers climats où regne la Nature,
Ombrageront vos Lis de forests de Lauriers.
Chante de sa valeur la Merueille feconde,
Attache à ses trauaux la conqueste du Monde,
Et par des traits diuins en rayons éclatans,
Peints comme sa fureur éclate dans l'orage,
Et que Mars auoit moins de force & de courage,
Quand il sauua les Dieux de l'orgueil des Titans.

Celuy dont MENELAS chercha la bien-veillance,
Pour vanger son honneur sur les murs d'Ilion,
Auoit de ce grand DVC l'estime & la vaillance,
Le corps infatigable & le cœur d'vn Lyon ;
Mais tu peux sans ternir la memoire d'Achille,
Montrer quand tu peindras les assauts d'vne Ville,
Que Troye auant sa cheute, a mis ce Prince à bas,
Et que de ton Heros la valeurese adresse
A plus fait en dix mois, qu'Achille ny la Grece,
N'ont fait contre l'Asie en dix ans de combats.

Depuis que le Soleil pour la gloire du Monde,
Passe rapidement dans ses douzes maisons,
Et qu'en vn Char pompeux sur la terre & sur l'onde,
Il verse obliquement la vertu des saisons ;
Depuis que ce Flambeau si grand & necessaire,
Des ombres de la nuit le brillant aduersaire,
Par son cours vagabond anime l'Vniuers,
Quel Hercule apparut sur le front de l'Histoire,
Qui se puisse eleuer au Temple de Memoire,
A l'égal de celuy qui t'inspire ces Vers?

CESAR qui subjuga les lieux les plus sauuages,
Luy pour qui tant d'Autels sont encore eleuez,
Qui planta des Lauriers aux bords de cent riuages,
Que des rigueurs du Temps son merite a sauuez ;
Luy, dis-je, qui tira par l'effort de ses Armes,
Des ennemis vaincus tant de sang & de larmes,
Ce digne Ambitieux qu'a t'il fait d'important,
Sur tant de Bataillons qui dessous luy tomberent,
Et parmy tant de Rois qui deuant luy tremblerent,
Que le bras de ton Duc n'en eust bien fait autant ?

B ij

Jl rangea sous ses loix l'vn & l'autre Hemisphere,
Son Char se vid comblé de Sceptres abatus,
Où des Rois enchaisnez dressoient par leur misere,
Tous ces grands monumens où luisent ses vertus :
Mais s'il ressuscitoit en ce siecle où nous sommes,
Pour forcer des rampars & pour vaincre des hommes,
Quoy qu'il ait fait de grand, qu'il seroit estonné,
Quand ton Prince affrontant ses plus fieres tempestes,
Secheroit par le feu dont il fait ces conquestes,
Les verdoyans Lauriers qui l'auroient couronné !

ROME qui vid par luy sa splendeur si celebre,
De son faste passé que void-elle aujourd'huy,
Que l'antique debris de quelque vrne funebre,
Où dormoit ce Demon qui luy seruoit d'apuy ?
Qu'est-elle maintenant de sa grandeur passée,
Que le vaste-tombeau d'vne pompe effacée,
Que l'ombre d'vn vieux corps par les siecles detruit ?
Et PARIS n'est-il pas sous ton vainqueur supréme,
Plus que ROME n'estoit par ce grand Diadéme,
A qui tous les Cesars ont donné tant de bruit.

Ses belliqueux exploits ont estonné la terre,
Tout cede à la grandeur de ses penibles faits,
Et le sang qu'il respand dans les champs de la guerre,
Vous trasse le chemin du temple de la paix,
Cét aigle audacieux de qui le vol n'aspire,
Qu'à porter jusqu'au Ciel les bornes de l'Empire,
Succombe sous l'espoir qui l'a fait resister :
Ce nouueau fils de Mars l'aueuglant de sa foudre,
Ce Monarque de l'air doit bien-tost se resoudre,
D'imiter dessous luy l'Aigle de Iupiter.

L'ESPAGNE dont l'orgueil a poussé jusqu'aux nuës,
Les insolens projets de sa temerité,
Et qui d'vn regne afreux (aux terres inconnuës,)
A fait sentir l'aigreur de sa seuerité,
Sous ce grand Conquerant criminelle & craintiue,
Repousse en vain les fers qui la rendent captiue ;
Ses injustes desseins sont presque enseuelis,
Il a fait trebucher ses murs les plus superbes,
Et ces forts abatus semblent dessous les herbes,
Craindre encore ce Dieu qui les a demolis.

Pour immoler aux Lis ces plus fieres Victimes,
Ce courage inuincible aux plaines de ROCROY,
Deuançant le Demon qui pour punir les crimes,
Accompagne tousjours les armes de son Roy;
Sous vn nuage espais außi mortel que sombre,
Dont la poudre & le plomb formoient l'esclair & l'ombre,
Cét Alcide François fit de si grands efforts,
Que la Parque le prit pour le Dieu des batailles,
Et s'estonna de voir les grandes funerailles,
Que son bras consacroit à l'Empire des morts.

THIONVILLE orgueilleuse en suite de la proye
Qui causa dans vos cœurs tant de justes regrets,
Et qui crût ces rempars plus forts que ceux de Troye,
Auant que leur debris eust assouuy les Grecs,
A l'aspect triomphant des foudroyantes mines,
Dont ce Prince écroula ses murs jusqu'aux racines,
Trembla comme vn Nauire agité par les eaux,
Et son front abatu par ce foudre de guerre,
Parut moins qu'vn Espic sous l'effort du tonnerre,
Ou que sous Aquilon le moindre des Roseaux.

FRIBOVRG où la fureur d'vn soin impitoyable,
Portoit en mille parts l'espouuante & la mort,
Et sur des monts de corps dans vn Thrône effroyable,
Charmant par ces regards Mars, Bellone & le sort,
Quand elle vid ENGVIEN tout noir de la fumée,
Que vomissoit le feu de l'vne & l'autre Armée,
Decocher tant de coups, dont sa foudre éclatoit;
Cette affreuse beauté deuint toute de glace,
Et d'vn jaloux dépit en luy laissant la place,
Alla chercher aillieurs le rang qu'elle quitoit.

Au mespris des dangers il grimpa sur des cimes,
Où de nouueaux Geans en fiers desesperez,
Sous son flambant acier tomboient comme Victimes,
Sur ces mesmes buchers qu'ils s'estoient preparez:
Puis suiuant les vaincus dans vne forest noire,
D'où l'ombre ne fuyoit qu'à l'éclat de sa gloire,
Ces restes mal-heureux furent joints de si pres,
Que leur bruit en mourant effroyant ces lieux calmes,
A l'honneur du vainqueur, fit passer pour des Palmes,
Mille Arbres qui pour eux passerent pour Cyprez.

Le *RHIN* de qui la courſe eſt ſi longue & rapide,
Que l'Euphrate & le Nil de leurs bords écumeux,
N'ont jamais diſputé dans l'Empire liquide,
Contre le vaſte orgueil qui l'éleue comme eux,
Quand cét autre Jaſon eut abordé ces riues,
Le murmure ceſſa de ces vagues plaintiues,
Et ſa Nimphe parut en luy tendant les mains,
Auec plus de reſpect au meſpris de L'HIBERE,
Qu'elle n'en eut alors qu'vn riual de Tibere,
Fit ſon Nom immortel par celuy des Germains.

Si toſt que PHILISBOVRG vid ſes armes tereſtre,
Bien qu'il fuſt à couuert du front de mille forts,
Le captif échapé qui rencontre ſon Maiſtre,
A moins d'eſtonnement qu'il n'en conceut alors,
Il eut beau s'éleuant d'vne vaine puiſſance,
Par cent bouches de feu remonſtrer ſa defence,
Son eſpoir fut flaté d'vn appas déceuant,
Il ſe void de rechef au rang de vos eſclaues,
Et cét autre Vainqueur redoublant ſes entraues,
Le retient enchaiſné plus fort qu'auparauant.

A

A NORLINGVE, où Mercy termina son Histoire,
Par le triste succez, de son dernier effort,
Et qui dans les sanglots apperçeut la Victoire,
Luy rauir ses Lauriers dans les bras de la mort ;
Dans ces lieux tous fumans encore de la poudre,
Dont ENGVIEN fait gróder les quarreaux de sa foudre,
Le sang des Bauarrois à longs flots s'eśpandit ;
La terre s'en imbut, l'herbe en fut toute teinte,
Et le bruit des mourans effaça par leur plainte,
L'injure du Combat que Vveymar y perdit.

Dans le choc de MARDIK d'vne ardeur obstinée,
En Lyon rugissant on le voyoit courir
Dans des lieux où la mort croyoit la destinée
Trop foible, pour pouuoir l'empécher de mourir :
Tout trembloit à l'aspect de sa guerriere audace,
Et pour esteindre vn feu qui rampoit sur sa face,
Dont tout autre que luy se fust veu consommé ;
La fureur redoubtant celuy de son courage,
Il fut pour l'amortir puiser parmy l'orage,
Le sang des ennemis qui l'auoient allumé.

E

DVNKERQVE où les sillons des câpagnes humides,
Ont porté tant de fois le tribut des Rochers,
Ce Caribde animé qui fit naistre les rides,
Sur les fronts sourcilleux des plus hardis Nochers.
Ce gouffre deuorant dont les grondans outrages,
Ont de tant de Vaisseaux causé tant de naufrages,
Que luy reste-t'il plus pour son dernier support ?
Cette Ville qui fit tant d'horreur & de crainte,
Par ce liberateur n'est-elle pas contrainte,
A faire d'vn écüeil les delices d'vn port ?

Comme vn Torrent superbe au sortir de sa source,
D'vn Roc inaccessible en bonds precipité,
Entraisne auecque luy d'vne bruyante course;
L'obstacle qui s'oppose à sa rapidité;
Puis deuenu plus lent dans la plaine prochaine,
Parmy l'herbe & les fleurs serpentant se promene,
En cent plis argentez se déplôye & s'étend;
Et d'vn cours amoureux; apres vn grand rauage,
Porte vn bruit enchanteur au lieu d'vn bruit sauuage,
Dans les flots azurez où Neptune l'attend.

Ainſi ce grand appuy de l'Auguſte Couronne,
Dont les Roys ſes ayeuls ont leurs fronts reueſtus,
Plus viſte que l'éclair dans les champs de Bellone,
Rend d'vn camp d'ennemis les efforts abatus ;
Puis apres tout courbé ſous le faix de ces palmes,
Il cherche ſon repos en des routes plus calmes,
Le triomphe l'emporte aux pompes de la Cour :
Il regne ſur des pas que la gloire luy trace,
Et laiſſant pour vn temps le nom du Dieu Thrace,
Il reprend pour vn temps celuy du Dieu d'Amour.

Autant d'adorateurs que fait ſa renommée,
Sçachant de quelle ardeur il braue le treſpas ;
Diront que les exploits dont il force vne Armée,
Sont des effets Diuins, & qu'vn Dieu ne meurt pas.
Qu'ils apprennent pourtant qu'il eſt de la matiere,
Du mortel qui foullant le premier Cimetiere,
Expoſa noſtre vie aux aſſauts du malheur,
Et que s'il eſt viuant parmy tant de merueilles,
Qui naiſſent & naiſtront de ſes Illuſtres veilles,
Il n'eſt & n'en ſera tenu qu'à ſa valeur.

C'eſt luy dont la ferueur dans la terre Idumée,
Fera naiſtre des Lis ſur les monts du Liban,
Et pour qui ces climats où ſa gloire eſt ſemée,
Orneront vos Drapeaux des lambeaux du Turban:
C'eſt luy qui doit vn iour ſuiuant la juſte cauſe,
Que pour finir vos maux l'Egliſe vous propoſe,
Reporter en ces lieux la vangeance & l'effroy;
Et là plantant la Croix, dont il ſuiura la trace,
Par de nouueaux labeurs faire chanter vn TASSE,
Plus puiſſant que celuy qui chanta GODEFROY.

Laiſſe donc pour vn temps la Varlope & la Sie,
Et d'vn fameux prodige eſtonnant l'Vniuers,
De ton bras raboteur pour cét autre DECIE,
Peints de cent trais parlans ces éloges diuers:
Dreſſe luy des Autels tous entourez de Niches,
Où ces diuins pourtraits ſoûtiendront les corniches,
Et tu verras vn jour par de juſtes effets,
En ſuite des faueurs qui naiſtront de mes offres,
Que tu ne feras plus de Bufets ny de Cofres,
Que pour mettre les dons que les Grands t'auront faits.

N'attend pas que le temps de sa viftesse prompte,
Ait éteint les efprits de ta mafle vigueur,
Sers toy de ta chaleur, tandis qu'elle furmonte
De ce monftre affamé l'infolente rigueur :
Si tu pouuois grimper encore fur Parnaffe,
Lors que tant de trépas qui fuiuront fa menace,
Feront l'eftonnement des fiécles à venir :
Que ne feroïs-tu pas en fi belle aduenture ?
Et quelle de mes fœurs auroit l'ame affés dure,
Pour manquer au deuoir de t'en entretenir?

Mais, ô feueres Loix de vos courfes humaines,
Tu n'auras plus alors de Printemps ny d'Efté ;
Jl ne te reftera qu'vn glaçon dans les venes,
Et le reffouuenir d'auoir jadis efté.
Cette ardente fureur qui boüillonne en ton ame,
Cedant à la froideur d'vne vieilleffe infame,
Remply d'étonnement, te laiffera confus :
Et l'on t'ecoutera dans ce dernier martyre,
En admirant ces faits & foûpirer & dire,
Que ne fuis-je à prefent ce qu'autresfois ie fus!

Exemple merueilleux des plus dignes Monarques,
Tutelaire Demon de l'Empire des Lis,
Dont l'extreme valeur par de si belles marques,
Rend des Heros passés les noms enseuelis :
Race de tant de Rois dont l'Histoire est ornée,
Formidable ennemy de la Gent basanée,
Prince de qui la gloire a passé dans les Cieux,
Auguste sang de France Illustre & Grand Genie !
C'est ainsi que pour toy la sçauante Vranie,
M'inspira de nouueau le langage des Dieux.

Mais, Grãd PRINCE, il faudroit pour de si belles choses,
De cent pinceaux parlans le superbe appareil,
Et comme le Printemps pour la couleur des Roses,
Emprunte les rayons que répend le Soleil :
Ainsi pour t'éleuer vne viuante Image,
Qui du dernier des jours puisse attendre vn hommage,
Pour mille traits dorez, i'implore ton secours ;
Ne m'abandonne pas en si belle carriere,
De crainte que ma main en manquant de matiere,
Ne deuienne immobile au milieu de son cours.

FIN.

ADAM BILLAVLT,
Menusier de Nevers.

﷽﷽﷽﷽﷽﷽﷽﷽﷽﷽﷽﷽﷽﷽﷽﷽﷽﷽﷽﷽﷽

PAR PERMISSION DE MONSIEVR
le Lieutenant Ciuil.

IL est permis à TOVSSAINCT QVINET Marchand Libraire, de faire imprimer, vendre & debiter, *ODE A MONSEIGNEVR LE PRINCE*, *du Menusier de Nevers*, & deffenses à tous autres de l'imprimer, vendre ny debiter. FAIT le dix-neufviéme iour de Fevrier 1648. Signé, DAVBRAY.